Un mundo maravilloso
Roberto Carlos Pérez

Un mundo maravilloso ©
Roberto Carlos Pérez
—Primera Edición Casasola Editores 2017—
80 pág. 5.25 x 8 pulgadas
ISBN-10: 1-942369-20-4
ISBN-13: 978-1-942369-20-2
Portada y contraportada: Mario Ramos
Diseño y diagramación: Óscar Estrada
Fotografía del autor: Javier Maradiaga

Casasola LLC ®
1619 1st St NW, Apt C Washington, DC 20001
Apartado postal 2171, Tegucigalpa, Honduras

www.casasolaeditores.com

***

Un mundo maravilloso

Roberto Carlos Pérez

www.casasolaeditores.com

FIN DE TRAYECTO

Con el trasfondo de la intrahistoria reciente nicaragüense, *Un mundo maravilloso*, la fina novela poemática y confesional de Roberto Carlos Pérez, es un viaje al fondo del corazón de un desterrado, un hombre irremediablemente extranjero en este triste planeta. El protagonista se llama F. y es un poeta nicaragüense de voz genuina y desgarrada, que recuerda a Miguel Hernández.

Con un estilo que llega a palparse, tanto en el sentido vital como en el trágico, la prosa musical de *Un mundo maravilloso* nace en las grietas casi invisibles donde se encuentra acaso el último límite del sentir humano ante la muerte.

En la era de los samuráis en Japón el suicidio ritual, el harakiri, era respetado como una forma de protesta o como una manera de resarcir un fracaso. Y en *Le feu follet de Drieu* La Rochelle el protagonista, Alain, declara: «Me mato porque no me habéis querido, me mato porque yo no os he querido. Me mato porque nuestros lazos fueron flojos, me mato para apretar nuestros lazos. Dejaré en vosotros una marca indeleble». Bajo la mirada de Roberto Carlos, en el ensimismamiento trágico de F. no hubo, en cambio, ajuste de cuentas ni resentimiento ni protesta: solo una interrogación sobre la razón última de estar el hombre en el mundo.

El final del trayecto es desprendimiento caritativo de sí, desgarrada ofrenda, que en el instante vertiginoso en el que la soga asfixia el corazón del héroe, descubre, tal vez, a Dios… El retorno hacia el origen del misterio no supone sino la posibilidad de recomenzar. Roberto Carlos Pérez logra, por decirlo con palabras de Camus, fijar «el sutil trámite en que el espíritu apostó por la muerte» (*El mito de Sísifo*). La liberación se apodera de la conciencia, mientras nos adentramos definitivamente en las sombras de un mundo maravilloso...

Hernán Sánchez Martínez de Pinillos

A Víctor Ruiz y a Ulises Juárez Polanco.
A Hernán Sánchez Martínez de Pinillos.

A los que cada cuarenta segundos toman la decisión de irse sin ser jamás comprendidos.

I see trees of green,
red roses, too.
I see them bloom,
for me and you.
And I think to myself
what a wonderful world.

I see skies of blue,
and clouds of white,
the bright blessed day,
the dark sacred night.
And I think to myself
what a wonderful world.

The colors of the rainbow,
so pretty in the sky,
are also on the faces
of people going by.
I see friends shaking hands,
sayin', «How do you do?»
They're really sayin', «I love you».

I hear babies cryin'.
I watch them grow.
They'll learn much more
than I'll ever know.
And I think to myself
what a wonderful world.
Yes, I think to myself
what a wonderful world

Bob Thiele and George David Weiss,
«What a Wonderful World».

I

What a Wonderful World

El mundo nada me debe. La soga que cuelga de la viga del garaje me lo recuerda y también la canción «What a Wonderful World» de Louis Armstrong, que he puesto a tocar. Sus palabras me dan la calma que necesito, pues a punto de partir me doy cuenta que mis poemas serán olvidados y aceptarlo me libera. En esta habitación, reducto de una ciudad amorfa, hago las sumas y restas de mi vida. La pantalla del computador marca las diez. Me quedan dos horas.

Inhalo el humo del cigarro y al lanzarlo contemplo sus figuras. Aunque no puedo descifrarlas, me obligan a desviar la atención de esta nota y retomarla con nuevos ojos para decir sin tropiezos lo que me toca decir. Quien sufre depresiones sabrá de lo que hablo. A los demás, les costará entenderlo.

No tengo tiempo para angustiarme pensando en quienes no me comprenden. Pronto descenderé a la fosa. A los treinta y tres años me hallo como Dante en medio del camino, pero carezco de ese Virgilio que al cruzar el río Leteo le señaló que había atravesado el umbral de la vida. Para mí no hay umbrales, y sin embargo no me desviaré de mi propósito. Bajaré a la tumba seguro de no hallar nada, ni siquiera la sombra de un reconocimiento. Y si siempre he deseado ser un buen poeta, ahora sólo quiero que mi muerte no llame la atención sobre mi obra, pues eso sería una canallada. Lo que más respeto de mí son mis versos.

Crecí en la miseria, no obstante todo fue genuino en el esfuerzo de escribir poesía. A eso siempre me apliqué después de asegurarme el pan, aunque a veces ni me preocupé por comer. Nunca habré de arrepentirme, aunque no espero premios ni calles que lleven mi nombre y tampoco estatuas en mi honor. Insisto en decir que no deseo reconocimientos aun cuando todavía sueño con que alguno de mis versos vaya a parar a la boca de la gente. Como decía Manuel Machado, aunque nadie me recuerde y se borre mi nombre, seguiré viviendo. De esta manera habrá sobrevivido el poeta que puso el corazón en las palabras y el hombre que fui podrá morir.

Cometí el delito de haber nacido en una época y en un lugar donde es una desgracia ser verdaderamente humano y sentir todo lo que he sentido y expresado con la poesía. En este país que me desconsuela, quizás pocos han oscilado en el péndulo de las emociones extremas como Rubén Darío. Fama y miseria lo atormentaron tanto como el horror de existir en irremediable viaje hacia la nada. Y también lo atormentaron sus compatriotas que nunca lo entendieron. Aun así, se fue sin rencor.

Tal pareciera que a muchos de nosotros él nos sembró una guerra interna o quizás haya sido Nicaragua su causa y sólo podemos ir hacia adelante pensando que el tormento de Darío fue aun más duro que el nuestro. Me voy con la certeza de haber roto una cadena de odio que me hastía. A punto de dar el paso final y a pesar de haber dejado de creer en un Dios que permite tanto horror, entre párrafo y párrafo de esta apresurada nota, me repito el mantra que me ha de sostener hasta el final:

La virtud está en ser tranquilo y fuerte;
con el fuego interior todo se abrasa;
se triunfa del rencor y de la muerte,
y hacia Belén…, ¡la caravana pasa!

Afuera llueve como nunca mientras adentro me rodeo de libros. Son pocos, pero ocupan un importante lugar en este reducido escenario que será lo último que veré. Los he sacado de las cajas, apiladas después de la última mudanza, pues el crimen de Managua me ha obligado a hacer maletas muchas veces en el último año. Pero en esta noche de diciembre, con el impresionante aguacero desplomándose sobre la ciudad, el contacto con los muertos se me hace lo más ansiado.

He colocado los libros abiertos en el piso para que las palabras embriaguen el ambiente así como lo hace la música. Ahora suena «La vida sigue igual», de Julio Iglesias, y nada más propicio para estas últimas horas. Mañana estaré bajo tierra y otros continuarán viviendo con más esperanza que yo. Es ley de vida.

Aquí está Quevedo, en un tomo grueso regalo de un amigo argentino. Quevedo se recluyó en la Torre de Juan Abad huyendo del ruido de la corte y yo en esta habitación para escapar de los tentáculos de Managua, la vara con que se puede medir el horror de Nicaragua. También está César Vallejo. Aunque jamás podré escribir poemas como los suyos, entiendo su dolor y su insondable tristeza. Por eso acepto que esta noche no sufro ni como poeta ni como persona. Nada más sufro.

A Joaquín Pasos, por tenerlo siempre cerca de mí, lo he puesto debajo del computador, para que sus versos me lleguen por ósmosis y salpiquen esta carta con una chispa de vitalidad. El duende que desde niño lo cubrió con su sombra a mí apenas pudo cobijarme. No es que Joaquín hubiera estudiado en un gran colegio ni que tuviera padre y madre, o que fuera o dejara de ser un rebelde sin causa. Es que haber sido resultó ya una gran hazaña, la más grande que poeta emprendió en este pequeño e insignificante país, con ese «Canto de guerra de las cosas» que, de tanto morir, porque es un canto de muerte, enseña a no tenerle miedo a la vida.

Si el percatado lector nota alguna mancha de sus poemas en los míos, es seguramente porque la poesía es una corriente de alta tensión que atraviesa apellidos y cunas, enlazando con su magia a hombres dispares, cada uno hecho a su modo por la vida, pero presintiéndose, como si se conocieran desde siempre pues a mí, que nadie me enseñó a leerlo, se me hizo natural su lenguaje, como si desde niño su sombra se sentara a hablarme, agasajando mi esperanza, porque la suya era infinita. ¡Ay, Joaquín, la esperanza! La mía no fue muy lejos, se quedó en tu voz, disfrutando tus delirios por no perderla.

No voy a hacer una lista de todos los que me acompañan esta noche, pero sería una infamia dejar de nombrar a la poeta que me hizo sentir que la soledad no sólo me asfixiaba a mí. Los libros de Alejandra Pizarnik me miran desde el centro del cuarto. Más que su desolación, lo que me llega es la valentía con que enfrentó su destino. Como yo, fue tartamuda de niña y siempre tuvo la autoestima por el suelo. Cada vez que ingiero ansiolíticos pienso en ella, aunque yo jamás he tenido el coraje de morir lentamente por una sobredosis. Si le tuvo miedo a la vida, a la muerte la abrazó con valor.

He optado por la soga. Después de espeluznantes noches de insomnio y ataques de pánico he llegado a un callejón sin salida. Muchas veces había pensado en el suicidio, pero en este país esa es una salida condenable. Lo supe después que un amigo de la universidad se lanzó desde la torre más alta de Managua. El cráneo se le partió en mil pedazos salpicando el pavimento. Nuestros amigos en común lo tacharon de cobarde, pero en el velorio un adagio japonés no dejó de taladrarme el cerebro: el que no vive con honor debe morir con honor. Yo en cambio comprendí que en esos ojos inertes que vi segundos después de haberse estrellado contra el suelo había paz y liberación.

Confeccioné el nudo con el más paciente de los cuidados. Luego del estallido de las guerras de Irak y Afganistán muchos soldados norteamericanos se quitaron la vida cuando ya la ansiedad pudo más que ellos. En la televisión pasaban las imágenes de jóvenes veteranos con el cuerpo destrozado por perdigones de bomba. Decían que el sonido de un inofensivo petardo les recordaba los estallidos en el Medio Oriente. Preferían quitarse la vida y para eso recurrían a la soga.

No fue difícil encontrar en la red vídeos que me enseñaran cómo atar el nudo más resistente. Decidí que el mejor era uno de anclaje, el más utilizado entre los suicidas. Se le conoce como el nudo de la muerte. Compré la soga hace tres días en una ferretería del barrio San Antonio, sin que nadie sospechara para qué iba a utilizarla. La idea era ejecutar el plan ayer treinta de diciembre, pero Borja, mi casero, regresó inesperadamente. Deshice el nudo a como pude, aunque presiento que su novia se percató de la soga todavía enrollada de manera sospechosa.

Borja y María Elisa se encuentran fuera de casa. Se fueron a esperar el Año Nuevo con sus familiares. Si todo sale bien, regresarán pasada la medianoche. Lamento el espectáculo que los recibirá cuando abran la cancela del garaje, pero no tengo otra salida. Era imposible hacerlo en el lugar donde trabajo como relacionista público. Allí un celador vigila cada movimiento y aquí mis únicos centinelas son los poetas muertos.

Antes de disponer los libros por toda la habitación bajé al garaje a preparar la soga. Pensé que un ataque de pánico se interpondría en mi tarea, pues en esos momentos el corazón me revienta en el pecho y la respiración me falta como si me estuviera asfixiando. Aunque son un espejismo, no dejan de aterrarme porque pueden durar varios minutos y mientras los atravieso el tiempo transcurre como una eternidad. Ahorcarme podrá ser doloroso pero durará pocos segundos. Después vendrá la calma.

De uno de los extremos de la soga hice un lazo para introducir la cabeza. Lo aprisioné con el restante de la cuerda dándole cinco vueltas. Después inserté la punta en el ojal hecho en el extremo opuesto del nudo, para luego tensarlo hasta asegurarme que no cederá por mi peso. Se necesitan dos kilos para que la misma gravedad obstruya la yugular, cinco para cerrarle el paso a la sangre que corre por la arteria carótida, quince para ocluir la tráquea y veinticinco para bloquear las arterias vertebrales. Nada más rápido y eficaz para dejar esta vida.

Hace un mes tuve la esperanza de mejorarme cuando decidí ver a un psiquiatra que me recetó ansiolíticos, antidepresivos y otras pastillas para esquizofrénicos. De ellas entiendo poco, aunque ya las había probado y hasta abusado en mi desesperación. A los días de visitar a este señor, parco en su hablar y que poco parece entender de la gente sensible, la ansiedad me llevó al delirio.

Hasta entonces creía que conocía el miedo, pero entrar en una dimensión aterradora, a la cual no pienso regresar, me enseñó que las cosas pueden empeorar.

La ansiedad, los ataques de pánico y la falta de sueño habían hecho mella en mí, y una noche de insomnio sentí que había abandonado mi cuerpo. Me vi tendido en la cama, temblando como siempre y sin saber por qué. Fue un desdoblamiento fatal que me impidió emitir sonido alguno mientras mi otro yo, el que estaba del lado opuesto de la cama, vio pasar su vida delante de él. Tan potente fue el miedo que no pude gritar. No recuerdo cómo regresé a mi cuerpo, aunque no desperté. Fue Borja el que a la mañana siguiente me tocó la puerta para preguntarme por qué no había bajado a desayunar.

Quien no entienda por qué le tengo miedo al miedo simplemente tendrá que imaginar estar dentro de un aeroplano a punto de caer en medio del océano. Los ataques de pánico llegan inesperadamente, ya sea en la calle, la casa o el teatro, y me destrozan el cuerpo. Pero esta noche de fin de año, en que las gotas chocan violentamente contra el techo, le he perdido el respeto a la muerte. Ni siquiera he tenido que recurrir a los calmantes porque sé que una vez muerto, el miedo habrá desaparecido.

Algunos amigos me invitaron a León a despedir el año y otros a Granada. Para despistarlos, a cada uno le di señas diferentes de dónde me encontraría y así no echaran por tierra mi plan. Un fin de año en Nicaragua significa inmensas cantidades de licor y drogas, y de ellos ya he tenido suficiente. Pero esta noche en que me despido del mundo y de los que considero míos, deseo irme sobrio, consciente de todo. Y como dice la canción de Edith Piaf «Non, je ne regrette rien», no lamento nada, ni el bien ni el mal que me han hecho. Con mi muerte todo quedará borrado y lo demás, ya sin mí, comenzará de cero.

El reproductor me devuelve la voz de Frank Sinatra y a través de «My Way» el cantante norteamericano me dice que el final se aproxima. Aún no termino esta nota con la que pretendo liberar a todos los que me conocen de remordimientos o culpas. Me voy porque no supe vivir.

No quisiera hacer dogma y doctrina de mis defectos, pero antes de continuar esta carta repito lo que alguna vez dije en versos: me siento despreciado por Dios. Debido a que nadie jamás comprenderá mi extraña naturaleza, esa que me hace llorar sin razón aparente delante de los amigos, incluso de Jimena, de quien me ocuparé más adelante, la única opción que me queda es la muerte.

II

Los girasoles

Crecí pensando que mi madre había muerto a los pocos días de haberme dado a luz. En las noches de niñez la imaginaba dormida, con las manos contraídas como si alguien le hubiera arrancado el crucifijo que en sus últimas horas ella se había llevado al pecho. Todavía abiertos, sus ojos expresaban la misma angustia que sus manos, unas manos pequeñas cuyos dedos parecían empeñados en atenazar el aire. Pensaba que mi madre había muerto por mi culpa y una ola de tristeza me paralizaba.

Mi padre fue uno de tantos canallas que engendran y abandonan. Se esfumó apenas supo que mi madre estaba nuevamente embarazada. Aunque nunca se me dio por imaginarlo, lo soñaba. Envuelto en la niebla, sorprendido por haberme encontrado, me alzaba en un fuerte abrazo y me hacía girar en círculos. Mi felicidad se transformaba en mareo y finalmente en vértigo. Rogándole que me bajara, me asía fuertemente a su cuello y entonces empezaba a esfumarse. Aparecía de nuevo con fuerza envuelto en la niebla, consolándome del hambre y del miedo. A estas alturas no vale la pena dedicarle un pensamiento, porque hacerlo me agolpa la rabia en el rostro y como un potro desbocado quisiera salir corriendo.

Si no se está preparado para ser hombre, para ser niño se lo está muchos menos. Las cosas que suceden en la infancia son como mendrugos de pan que dejan huellas en el camino. Mejor sería que fueran devorados por cuervos, pero no, se calcinan en la memoria. Un golpe, un grito, un cigarro contra la piel no muere, porque cada día al despertar adviertes que volverás a sentirlos con igual o más intensidad que cuando los recibiste.

Muerta mi madre, fui llevado con Gabriel, mi hermano mayor, a una aldea infantil porque nuestros parientes no quisieron hacerse cargo de nosotros. Un terremoto destruyó la capital, llevándose diez mil vidas, y muchos niños quedaron en la calle. Un filántropo austríaco, que había visto el horror provocado en los niños por la Segunda Guerra Mundial, tuvo la idea de crear una aldea parecida a la que había fundado en la ciudad de Imst, a orillas del río Eno. Construyó una en Nicaragua para resguardar a los niños desamparados, ofreciéndoles una familia alternativa. No sabía ese señor que en Nicaragua lo que no nace malo termina corrompiéndose.

De mi madre de acogida recibí el primer golpe. Tenía la mirada agria y el pelo encrespado sobre la frente. Por las mañanas se levantaba lanzando gritos y su rabia empañaba el ambiente. Hablaba sólo lo necesario y casi siempre para dar órdenes que Gabriel y yo obedecíamos como mansos y acorralados animales.

Gabriel se cansó y se marchó. Él tenía doce años y yo seis. La última noche me confesó lo poco que le importaba vagar sin rumbo. Pensaba irse a la guerra. Como otros niños de la aldea, prefería empuñar un rifle a seguir soportando los correazos y las manos puestas en el fuego. Supe de él hasta hace poco y no pude reconocer al cómplice que conmigo enfrentaba los maltratos de nuestro verdugo. Veinticinco años de separación me devolvieron a alguien insensible. En el poco rato que duró nuestro encuentro sólo habló de los que había matado en la guerra. Yo me quedé con mamá. ¡Cómo me costaba llamarla así!

En la Aldea había un hermoso jardín de rosas y helechos que no coincidía con la oscuridad de su dueña. Las rosas eran para vender, mi tarea era regarlas. La primera de tantas palizas la recibí por mojar la tierra hasta convertirla en lodo. Había una fuente en la entrada de la Aldea y me encantaba hacer figuritas de barro que, ya en su forma plena, me decían sus nombres y me hablaban de sus sueños. Si sobrevivían un día sin que nadie las aplastara, al próximo les esparcía el agua de esa fuente para mí mágica. Era el agua su origen y bautismo. Con ella se renovaban y a mí me purificaba el miedo que le tenía a mamá. Hasta el día de hoy el baño es para mí un ritual liberador. ¡Qué mejor noche que esta, de lluvia incesante!

Otros niños corrieron con mejor suerte, o al menos eso creí, pues sus madres adoptivas seguramente cumplían bien su misión. Jamás escuché gritos y tampoco vi maltratos. Mamá era la jefa y hacía sus maldades en el más profundo sigilo. Los niños que estábamos a cargo suyo sólo reconocíamos su odio cuando las marcas eran obvias, pero callábamos y seguíamos con nuestras tareas ya que, de comentar algo entre nosotros, los castigos podían ser peores. Nunca entendí cómo le seguían dando niños a cuidar.

Mamá aborrecía mis prolongados silencios y carácter solitario. No soportaba las lágrimas que fácilmente me brotaban. Muchas veces amenazó con enviarme al servicio militar para hacerme hombre. Tenía diez años cuando, después de no tener suerte con las palizas, las manos puestas sobre el fuego y el cigarro que me pegó en la piel, decidió encerrarme desnudo en la despensa durante tres días. Entonces supe que estaba solo.

Fueron horas espantosas en medio de la oscuridad. La desnudez era una indefensión nueva y lacerante. Hace pocos días, en una reunión de amigos, decidí lanzarme desnudo a la alberca para conjurar el desamparo de aquella marca. Mejor llevar desnudos el cuerpo y el alma. Lo demás es equipaje. ¿Para qué esconder las heridas? ¿Tan frágiles somos los seres humanos que no soportamos verlas, ya no digo en nosotros, sino en el otro? Es como decir, «cúbrete, véndate, haz algo porque me desangro al ver tu herida». Y así transcurre la vida, en el terror de vernos los unos a los otros.

A los dieciséis años dejé la Aldea. Me trasladé a Managua para estudiar administración de empresas. La guerra había quedado atrás y se respiraba un extraño aire de tristeza y esperanza. Era hora de llorar a cincuenta mil jóvenes muertos y reconstruir el país, cosa que entiendo ahora porque a esa edad lo único que deseaba era huir de mi madre.

Managua es un laberinto de calles sin nombres al que todos llegan por necesidad. Atestada de automóviles y basura, es dueña de una soledad infinita, sobre todo para el que carece de piernas pues no existen aceras. Se camina en riesgo de ser demolido por un conductor distraído, y es imposible recorrerla en silla de ruedas, por lo que inválidos y ancianos se vuelven prisioneros de sus casas o del miserable techo que los protege del calor y la lluvia. Tampoco hay parques para hacer picnic los domingos o respirar eso que, perdónese el eufemismo, llamamos aire puro. Por lo tanto quien no es huérfano en Managua, termina siéndolo porque es una ciudad con más de tres millones de habitantes o, mejor dicho, tres millones de dolores que se desconocen entre sí puesto que nadie se comunica y sólo los más atrevidos caminan por sus calles.

En las pocas noches en que mi ánimo vaga sin rumbo, trato de imaginar cómo sería el silencio en esta ciudad. A mi ventana se acercan a toda hora las bocinas de los autos, su impaciencia y frustración, la lucha sin tregua de los toques, y siento que la muerte se halla al otro lado de ese coro maléfico, y en su silencio hay una calidad indescriptible pero imposible de ignorar. Es como el silencio en un bosque profundo cuando, mudos los árboles, las nubes y los pájaros, sentimos la seguridad de que todo cuanto nos rodea se halla en inefable diálogo. La bulla es el peor castigo de quien idolatra el silencio, ese bien tan necesario que todos aceptamos pésimamente y, por el que Managua, tan alejada de él, resulta la boca del infierno.

Debido a que en ocasiones ni yo mismo me tolero, salgo a recorrer los escombros de la vieja capital. Subo a las azoteas y cierro los ojos imaginándome en el último astro del universo. Me veo sentado, contemplando los gases y la horrible industria que hemos creado, y siento la soledad estallando en ese instantáneo silencio de Managua. Quisiera quedarme allí, coger un puñado de polvo y esparcirlo por mi cuerpo como un encantamiento que me haga parte del movimiento sideral, tan ordenado. Pero es imposible. Nuestra Babel se asoma e invade el pensamiento.

A veces me voy al otro extremo y queriendo evadir el ruido intento insertarme en la lengua. Articulo algunas ideas y bordeo con sigilo el inmenso hueco que siento en el pecho. Entonces las palabras se detienen, boqueo como pez fuera del agua. Ni un quejido se asoma. Las emociones me rebasan. Sé que nadie quiere escuchar o, quizás, nadie puede escuchar. Mis amigos insisten en que todo es una ficción, un laberinto que me he creado a cuenta propia y del cual, de quererlo, puedo salir. Pero, ¿habrá quien quiera sufrir gratuitamente o sea capaz de poner a un lado el pasado, frenar el presente que nos devora y vivir la felicidad tan deseada? ¿Existirá la manera de borrar las marcas del fuego en la piel o desvanecer de mi mente las terribles imágenes de la guerra?

Miro los recortes de periódicos de la época y no veo a hombres sino a niños matándose. A la Aldea llegaban los camiones IFA en el mejor estilo de la Gestapo o del Gulag nicaragüense. Se aparecían a medianoche y a golpe de culata se llevaban a los niños mayores a la guerra. Gabriel se evitó la vergüenza de ser llevado a la fuerza. De haber tenido la edad, quizás yo hubiera hecho lo mismo. De ese pasado tan doloroso, ¿quién puede albergar nostalgia?

Después de horas de contemplar las estrellas, desciendo de las azoteas, recorro las calles derruidas por el tiempo y de regreso a casa me veo más solo que nunca. Me siento frente al computador, respiro lentamente mientras ingiero dos o tres calmantes, me fumo un cigarrillo y pienso en mis versos, el único respiradero que poseo.

Con ellos entierro el odio que debería sentir por mamá; también el dolor que me producen mis amigos al no comprender que mi verdad está cifrada en cada verso que me sale del pecho, en cada lágrima y en cada arranque de furia por los que creo oportuno pedir perdón. Y contemplo el girasol en el alféizar de la ventana, puesto allí para que la luz lo inunde y no se muera, y pienso que habría que sembrar miles de ellos, sembrarlos en las azoteas, en los bulevares y hasta en el asfalto, porque dar vida es la única defensa en un país en que la apatía es lo más natural.

III

La Bohéme

Antes de que existiera el computador en el que vierto estos pensamientos y muchísimo antes de ese maravilloso invento llamado literatura, el hombre de las cavernas se sentaba en torno a la hoguera para escuchar las historias de quienes se aventuraban a ir más lejos de las montañas y el mar, desafiando bestias y tempestades. Su regreso a casa era el verdadero milagro, no sólo porque el héroe venía incólume sin haber perdido el juicio, sino porque junto a su honda y lanza traía una historia que frente al fuego se apresuraba a relatar a la tribu. Miles de años después, deseando que la magia del relato no cayera en el olvido, al hombre se le ocurrió escribirlo en papiros y pergaminos.

He de confesar que de las dos formas en que el hombre ha construido las palabras, para mí la escrita es la más importante. No es ella la que uno usa para confesarse y decir lo que el habla no ha podido aclarar. La escritura es el viaje, y también sus monstruos y tempestades. A ella se entra en profunda soledad y sin armas. Si logramos salir de su torbellino estamos seguros de que nuestra vida ha adquirido sentido. La escritura es sagrada porque en ella, si tenemos suerte, nos purificamos y transformamos.

Johaness Gutenberg, el ingenioso caballero que inventó la imprenta moderna, le dio un golpe mortal a quienes se reunían alrededor de la hoguera. A cambio nos entregó algo memorable: la lectura silenciosa, la íntima relación entre el hombre y el texto. Gracias a otro ingenioso impresor, el florentino Aldo Manuzio, el tamaño del libro se redujo para que lo pudiéramos transportar sin dificultades. Acompañado y flanqueado por libros descanso en esta ansiada y perfecta soledad. Abro el libro y lo insuflo con mi voz interior, y me reconozco en esas líneas que parecieran haber sido escritas sólo para mí.

Por la magia de las palabras quise ser como Amadís y Don Quijote, pero dadas mis preocupaciones me conformé con ser un niño común. Nada más normal que un huérfano maltratado y con el recuerdo de esa verdad conseguí enfriar un poco la ambición.

Si no pude ser un caballero andante al menos fingí tener el optimismo que nunca tuve. A mis nuevos amigos de Managua les mostré lo mejor de mí, inventándome una familia que me admiraba por ser poeta y una madre que me esperaba por las noches con la cena servida.

Como la idea de que sólo el sufrimiento produce gran arte me resulta desagradable, muchas veces me convertí en el payaso que hacía reír a la concurrencia. El dolor hace crecer, pero también puede aniquilar todo lo bueno que se tiene por dentro, y no hay mejor conjuro para la tristeza que una carcajada. Por eso, el humor nunca faltó en la mesa de tragos ni en las tertulias que organizaba en este pequeño cuarto al que puse por nombre *La Bohéme*. Un amigo trompetista que viene al país cuando se pone en escena una ópera, cosa rarísima pues aquí nunca hay dinero para las artes, me llevó a ver una representación de la triste y mágica historia de Giacomo Puccini acontecida en una gélida buhardilla de París.

No es posible andar por la vida cabalgando en la desgracia. Para darle chispa a nuestra existencia varios amigos escritores decidimos recrear el cuarteto de artistas mendicantes de *La Bohéme*. A mí me tocó ser Rodolfo, el escritor que redactaba la obra de teatro que habría de matarle el hambre cuando, justo en Noche Buena, conoce a la hermosa Mimí, enferma de tuberculosis. A Gonzalo le tocó en suerte Marcello, el pintor que terminó un cuadro mientras su amigo Rodolfo arrojaba a la chimenea sus manuscritos para mitigar el frío. Mariano no tuvo otra opción que ser el filósofo Colline pues, a falta de un poeta en el grupo operático, no le quedó más que aceptar ser su pensador. El violinista Schaunard, el único de los cuatro bohemios con algo de dinero, recayó en Max y así recreamos la tertulia en nuestra imaginaria buhardilla de Managua.

Puesto que hay quienes se niegan a reconocer la profundidad de las cosas porque anhelan que lo profundo pase a la superficie y así evitar la ardua tarea de pensar, la idea del grupo era que, entre trago y trago, habláramos sobre literatura. Nos reuníamos los viernes y casi siempre la discusión se centraba en el misterioso rumbo que la poesía había tomado en Nicaragua. Discutíamos frenéticamente. A veces llegábamos a los insultos, pues nadie conseguía distraerme de la profunda intuición de que las cosas, luego de la guerra y de los años posteriores en que se creyó que el país levantaría cabeza, estaban volcándose hacia el silencio.

Escribir es organizar el mundo, pero exigir a una nación de poetas escribir de cierta manera es amputar su libertad. Era esto lo que se esperaba de los escritores en el nuevo milenio, cosa que mucho me deprimía. De pronto nadie quiso componer poemas sobre héroes, dictadores ni caudillos; sobrevino un silencio abrumador en relación a los monstruos que nuestra historia reciente había engendrado. El mutismo, presentía, era nuestra manera de llevar a cabo un levantamiento pacífico.

Una noche asistí al recital de uno de nuestros más reconocidos poetas. Con su eterna barba blanca y boina negra, el poeta que décadas atrás había visto en Anastasio Somoza a uno de nuestros más execrables caudillos y por lo tanto, a su musa, como decía la gente, leyó un poema sobre el dispositivo predilecto del mundo moderno: el teléfono celular.

El poeta y también sacerdote era quien mejor representaba esa lírica nicaragüense que yo rechazaba por percibirla vacía en un país que pedía a gritos cantarle al amor, al dolor y a la soledad. Sin pensarlo y guiado por el atrevimiento, le espeté: «Padre, ¿en verdad piensa que lo que ha leído es poesía?». Luego vinieron los insultos y los gritos de desaprobación por retar al hombre que, conducido por sus sentimientos revolucionarios, alguna vez aseguró que cualquier persona es capaz de componer un poema.

Entramos en el nuevo milenio en medio del terror. En la tele advertían sobre el Armagedón que se avecinaba. A las doce y un segundo de la medianoche del siglo entrante viviríamos el apocalipsis cibernético y un virus mortal destruiría toda la información almacenada en las computadoras. Día y noche, por el altoparlante, el pastor de la iglesia evangélica situada al lado de *La Bohéme* prevenía sobre la inminente lluvia de fuego y el dragón de siete cabezas dispuesto a devorarnos. La gente se volcó a los supermercados a comprar comida porque todo aparato digital, incluso las cajas registradoras, cederían al virus que no reconocería los números del nuevo y sombrío milenio. Quedaríamos a merced del hampa.

Eso fue un lunes y el viernes estábamos de nuevo muertos de risa en *La Bohéme*. Como era de esperarse, nada sucedió y el mundo siguió andando como antes, como ha de seguir andando después de que yo me vaya. La comida se pudrió en las neveras y yo caí en cuenta que la vida es un descaro. En un país como el nuestro era inaudito ver cabezas de puercos y pollos tiradas en los basureros por culpa del mediático virus que si aquí causó espanto, me resulta imposible imaginar lo que provocó en ciudades como Londres o Nueva York.

Fue entonces cuando vi la muerte por todos lados. Nadie lograba arrancarme del corazón la idea de que nuestra especie era dueña de una incomparable violencia. En virtud de una oscura maniobra electrónica, surgida de quién sabe qué manipulación política o económica, los miles de animales que habían sido sacrificados para alimentarnos resultaron pasto de buitres en los cauces de Managua.

La sensación de enfermedad colectiva se me confirmó la noche en que me acerqué al faro construido en las ruinas de la vieja ciudad como símbolo de la paz. Al doblar la esquina vi un perro callejero con las costillas adheridas a la piel. Me miró con angustia. No era la misma cara de hambre que uno ve a diario en los niños y animales de Managua, sino una de dolor insoportable, diferente, ante la que sentí que no podía hacer nada. El espanto del perro y el dolor en su rostro me entumecieron el cuerpo. La luz del faro había sido robada y en la penumbra los ojos del animal chispeaban como un proyectil. Ansié que saciara su hambre en mí, que hundiera sus colmillos en mi pecho y me arrancara el corazón, pero era muy tarde. Murió a mis pies. Después de verlo agonizar entendí que todo estaba perdido.

Me rebelé. Un viernes de farra en *La Bohéme* Max y yo decidimos fundar un sello editorial, ante mi insistencia de abrirle campo a la nueva poesía. Gonzalo y Mariano me miraron incrédulos. Había llegado la hora de congregar las inéditas voces porque sus versos se perdían en el ruido del monopolio intelectual. Sólo dándoles un espacio apropiado conseguiríamos hacerlas presentes.

Mi tozudez hizo que obtuviéramos fondos para llevar a cabo nuestra empresa. Reunimos a once poetas en cuyos poemas ardían la soledad, la orfandad y el desengaño pero, sobre todo, un rechazo total a la poesía que nos antecedía. En ellos y en mí, la patria era una quimera. Nos la habían entregado en pedazos y era hora de construir nuestro castillo interior, y olvidarnos de todo lo que venía de afuera porque estaba deformado o podrido. Sólo así podríamos sobrevivir.

El pesimismo no fue bien recibido y nuestros poemas hicieron correr la tinta. Se me acusó de ser un Rimbaud tropical debido a ciertas actitudes que no he de negar. Sin embargo ese año mi primer poemario ganó el Premio Internacional Ernesto Cardenal de Poesía Joven y gracias a él conseguí trabajo, respeto y un poco de estabilidad económica. Quizás, me dije, al final del túnel existe la luz.

Espada incendiaria había en el poemario. Allí dejé constancia de lo que en la niñez me había sucedido. Sin embargo, nadie sospechó que se trataba de algo personal. A mi talento y desaforada imaginación le atribuyeron la invención de un niño golpeado y un joven en total desesperación. No sin apreciar la tremenda ironía me di cuenta de que la invención de un pasado amable había resultado mucho más veráz que mis poemas. Lo sentí por los niños de la Aldea, sobre todo los que vivían con mi madre adoptiva, pues mis poemas no habían servido para hacerles justicia. Quizás, en otro momento...

Con el inesperado reconocimiento llegaron los viajes. Leí mis poemas en festivales de diferentes partes del mundo y así comprendí que la fama nubla, aliena y engaña. Ser escritor es una cosa, pero anhelar poder literario es otra y la idea de la competencia, o *rat race*, me produce náuseas.

Entre cimas y declives transcurrieron cinco años y el nuevo siglo se disponía a cerrar con guerras y sangre el primer decenio. A mí vida había llegado Jimena, pero algo en el fondo no terminaba de asentarse. Los ataques de pánico y las depresiones duraban meses y ni siquiera el amor de ese maravilloso ser que pasó por mi vida como una ave encantada podía distraerme de la tristeza.

Miraba por la televisión los bombardeos en el Medio Oriente. Me recordaban lo que de niño me tocó ver en la guerra. Afortunadamente nunca dejé de escribir y, tras haber terminado mi segundo poemario, la opción de irme de este mundo se me presentó clarísima. La soga era el remedio para abolir a patadas una vida que no soportaba y a un mundo que tampoco me soportaba a mí.

IV

Jimena

Iseo, Eloísa, Dulcinea. ¿Con cuántas extraordinarias mujeres he de compararte? Seguro estoy de que ninguna de ellas logrará robarte un ápice de luz. Te vi en una tarde gris y parecías una golondrina perdida. Desde entonces quise protegerte. No podía sostenerme yo mismo y aun así quise brindarte cariño para que a mi lado volaras a suelo seguro.

Llegaste a mi vida gracias a uno de los bohemios. Bajo los nubarrones que amenazaban con desplomarse sobre Managua intercambiamos tantas palabras que, de solo recordarlas, me tiembla la mano. Gonzalo nos miraba con desconfianza, pero eso no fue impedimento para que desde ese instante nos dejáramos llevar por un amor marcado por declives y cimas de montañas.

No fuiste tú, Jimena, la razón de tantos tropiezos, pues con tu sola presencia el corazón se me desbocaba como a un adolescente. Era imposible no cometer estupideces: una palabra incorrecta, una risa inoportuna y un lapso de melancolía. Y siempre acechándome esos malditos ataques de pánico que traté de ocultarte por timidez.

Has de saber que los profundos silencios eran para resguardarte de mi horrible pasado. Si en algún momento te hirieron, poniendo en riesgo nuestra relación, no fue por infamia, sino porque temía que me vieras flaco, débil, incapaz de ser el hombre que una mujer como tú merecías.

¿Recuerdas cuánto nos gustaba contemplar las acacias del bar dónde nos reuníamos los bohemios cuando el ambiente de mi cuarto de apartamento se tornaba insoportable? Allí, en La Colinita, retomábamos las tertulias, tú a mi lado y los bohemios encendidos al cabo de unas horas. Era entonces cuando nos escapábamos al patio del bar para mirar esas acacias que aún hoy podría describir con detalle.

Iluminadas por la luna de Managua, o más bien nuestra luna, porque pensábamos que brillaba sólo para nosotros, parecían erguir aún más su maravilloso follaje, quizás en competencia por nuestras miradas, extáticas ante el extraordinario juego de reflejos que, en complot con la brisa, las largas ramas producían. Adentro e ignorantes de cuanto, más hermoso que el mejor de los versos, sucedía en el patio, Max, Gonzalo y Mariano se enredaban en discusiones literarias.

Lejos de ser una perfecta historia de amor, la nuestra, sin embargo, estaba anclada en una dura realidad. Con mis heridas lo único que logré fue herirte. Mis depresiones te exasperaban. La vez que leíste mi poema sobre las poetas suicidas, te asustaste tanto que me gritaste: «¡Te quiero vivo!».

Jamás me habías alzado la voz. Tú, tan discreta, tan comedida, tan dueña de ti, un día te desesperaste. Desde entonces supe que lo único que podía ofrecerte era una vida que cortejaba a la muerte. Por eso decidí alejarte de mí. Fui desarrollando una voluntad de hierro para salvarte de mi pasado. Pero rebeldes, mi corazón y mis ansias siempre me hacían regresar a ti. Aún hoy, al releer por última vez el nuevo poemario, me sorprendió ver lo mucho que te he buscado con las palabras.

¡Éramos tan distintos! Tu serena alegría siempre fue como un manojo de llaves cuyo tintineo, esparcido por doquier, resultaba imposible ignorar. En los momentos en que llegué a embriagarme completamente de ella llegué a pensar cuán intransigente había sido mi determinación. ¿Por qué, si eras tan fuerte, no dejar que te acercaras a mí y te asomaras al hueco que llevo en el corazón? ¿Por qué no permitirte contemplar el horror de mi abismo?

¿Recuerdas el gatito de mayólica colocado en una de las esquinas de mi cuarto? Te lo dejo para que lo abraces y pienses que estás abrazando a un tigre y no al gato asustado que siempre fui. Y aunque puse valles y montañas entre nosotros, te pido que no me detestes, pues todo ha sido parte del mayor gesto de amor. ¿Cómo no adorarte si esparciste una luminosa estela sobre mi vida?

¿Cómo explicar en esta carta que eres la imagen de la bondad? Nunca olvidaré la tarde en que, en un gesto desafiante, detuviste el tráfico para rescatar a un moribundo ruiseñor. Íbamos de camino a El Velero y el animalito se estrelló contra el parabrisas. Era miércoles de Semana Santa y todos se dirigían a la playa, formando una tranca apocalíptica. Te bajaste del coche y fuiste derecho a recogerlo. No te importaron los bocinazos ni los gritos de la gente, ansiosa por llegar a su destino, sino la vida del gorrión. Desististe de los planes de pasar unos días bañados por la olas de El Velero que para Semana Santa se encrespan violentamente. Regresamos a casa. Le vendaste el ala rota y lo cuidaste por varias semanas hasta que pudo volar.

En el fondo sé que eres una sanadora. Muchas veces creí que en ti había encontrado el antídoto contra la tristeza, pero reconozco cuánto te desesperaban mis manos sudadas, mis repentinos temblores y las noches de pesadillas que, después de hacer el amor, debían ser cursis y románticas – porque el amor en su estado más puro debe ser cursi y romántico– pero que al final se convertían en una tenebrosa caverna. Ahora que ya sabes que el pasado nunca me dio treguas, te pido perdón y te suplico que contra la rabia y el enojo sigas en tu costumbre de entregarme tu paciencia y compresión.

Desecha, si aún no lo has hecho, todo lo que acumulamos juntos: las esculturas de barro en miniatura, las novelas de Agatha Christie, las piedras que recogíamos en nuestros paseos fuera de la ciudad, las figuritas de origami que aprendimos a hacer en las tardes de lluvia; en fin, deshazte de todo, prende una hoguera y deja que el fuego las consuma. Tú siempre has de mirar hacia adelante.

Te imploro que hagas lo que yo no pude hacer. No estoy en condición de filosofar, pero si el conocimiento se cimienta en la memoria entonces toda novedad no es sino un atisbo de olvido. Por eso te suplico que te colmes de novedades, que no te dejes alcanzar por los recuerdos y que yo ni siquiera aparezca en tus sueños. ¿Podrás?

Hiervo de vergüenza al pedirte tanto, pero debo aprovechar que todavía me queda pulso para hilvanar estas ideas a modo de reconciliación por todo lo que te hice vivir. Siento tu mirada acariciándome, esa mirada tan profunda, tan intensa, tan tuya, y por momentos quisiera desistir de lo pactado conmigo esta noche. Pero el dolor del pasado y el temido futuro me martillan el cerebro y vuelvo en mí a golpe de hacha. No hay puente que pueda elevarse sobre la angustia que constantemente regresa a mí como un fantasma.

En una ocasión dijo el poeta José Emilio Pacheco que en el amor «la vida te desune o la muerte te separa», y eso fue quizás lo que sucedió con nosotros. Y sin embargo, a riesgo de contradecirlo, tengo la certeza de que todo amor, una vez creado y ya distante, separado de su cuna para siempre, tiene luz propia, una luz que en silencio amansa al mundo. Nunca tengas miedo de amar, tú que tan capaz eres de hacerlo. Como un girasol en medio del desierto, tu amor dará alegría y esperanza.

No vengas a mi velorio. No quiero que te miren

como una viuda desolada. Evita las lágrimas. Más bien sal, vístete de colores alegres y envuélvete en la brisa sin buscar nada.

Te dejo un pedazo de mi alma; tómalo como el último gesto de quien va en viaje hacia una nada en donde, seguro estoy, no hay estafas ni promesas de felicidad. Si la única manera de ser hombre es el egoísmo absoluto, no quiero parte en esta infamia. Te dejo para que puedas ser libre.

Se tú misma. No abandones ese andar tan seguro que fue lo que me hizo enamorarme de ti. Ahora que te puedo decir sin disimulos cuánto te quiero, te pido que te entregues al mundo. Devóralo, no permitas que te engulla como a mí, pues tienes tanto qué ofrecer, desde tu grácil sonrisa hasta ese corazón envuelto en seda que atrae la mirada de los hombres. No te quedes sola en este valle de lágrimas.

Desde lo más profundo espero que te llegue el olvido y ante cualquier indicio de desconsuelo te asistan estas palabras. Me despido de ti escuchando nuestra canción favorita. Tú la conoces y no es necesario exponerla en esta carta. Que permanezca como la última confidencia entre nosotros, mi elixir predilecto, mi dulce ambrosía.

V

Palabras al viento

Hay quien dice que me fascina la muerte. No es cierto. Siempre admiré al que ama la vida con el optimismo y la esperanza de los que carezco. Porque cuando veo cómo nos despedazamos en este campo de exterminio me rebelo, y de nuevo abomino la indiferencia ante cosas que para muchos resultan insignificantes: niños que piden limosna en los semáforos, animales hambrientos que vagan por las calles, y la vegetación cada día menos verde.

Un día caluroso de esos que agostan la hierba me enteré de que uno de nuestros más grandes poetas agonizaba. Con prisa, me dirigí a su casa, irreconocible por el limo y las telarañas. Era notoria la ausencia de una mano femenina. El poeta nunca se casó y tampoco tuvo hijos. Aunque una enfermera lo asistía, agonizaba envuelto en un aire de melancolía y soledad.

Empujado por la necesidad de verlo antes de su muerte, decidí estar en su lecho. No pensé encontrarlo tan solo. Su orfandad me perforó los huesos. En los días en que estuve a su lado vi cómo se fue apagando hasta exhalar el último aliento, emitiendo palabras que repetía entre suspiro y suspiro y que se visibilizaban en el aire como polvo encantado. Terminé de convencerme de que el hombre nace para el sufrimiento.

Palabras como «agua», «sed» y «dolor» refulgían en la alcoba cual leños encendidos y yo trataba de atraparlas para meterme en la piel del poeta, engullirlas y sentirlas rebotar dentro de mí, como ondas trepidantes que me volvían vulnerable como un niño. Cada vez que las pronunciaba resultaban diferentes, ya sea desesperadas o con un lento susurro, urgidas o exhaustas. En ese transcurrir sonoro, la angustia me resultaba tan única en su instante como la sed, el calor y el frío, nunca igual a sí mismo, impensable e impredecible.

Abatido por la cirrosis, Álvaro se despidió de la vida con una mirada de angustia que esta noche no pienso emular, ya que mi deseo es morir tranquilo, con el rostro apacible de quien se muda a otro centro de gravedad sin esperar nada de nadie.

Lo de Álvaro fue hace tres años y desde ese momento di un giro a cuanto escribía. Desistí de las radicales posturas de la adolescencia y la primera juventud, las riñas y los ataques, y purifiqué mis acciones. La rabia, las frustraciones y el rencor debían quedar a un lado, como un morral cuyo peso era insoportable. Sólo deseé caminar ligeramente sin el equipaje que la memoria había hecho mío: los maltratos de mamá, los recuerdos de la guerra, el anhelo de que alguien se compadeciera de mí, y todo cuanto significara el deseo de obtener la felicidad que percibía en otros y me inspiraba envidia.

En gran medida todo lo conseguí, menos superar lo de mamá. No obstante, mitigaba el miedo que ella me seguía inspirando haciendo lo que mejor sabía hacer, o al menos eso pensaba: componer versos. Pero esta vez, a diferencia de mis primeros poemas, vislumbré uno que otro asomo de esperanza porque me di cuenta de que mi voz había cambiado. Si el dolor era el mismo, ya no surgía de la fuente del rencor. Era yo, en esos nuevos versos, uno de tantos en una triste ciudad sin luz. Todos buscábamos el amanecer sin hallarlo. Estábamos enfermos y, como Adán y Eva, sentíamos vergüenza de nuestra desnudez, que yo percibía pestilente.

¿Por qué no detenerse en medio del espanto y observar que todo está en constante movimiento y que somos nosotros quienes nos quedamos anclados en la memoria, y al fin convencernos de que la infamia de la que todos somos parte podría atenuarse si cambiáramos de piel y nos renováramos todos los días?

Aparte del girasol colocado en el alféizar de la ventana, compré varios tiestos en los que planté una dalia, una amapola y un arce japonés bonsái. Los he cuidado pacientemente, regándolos y hablándoles. Presiento que me escuchan, porque he notado que cada día se comportan de manera diferente. Me he propuesto atemperarles el sufrimiento, ya que debe ser terrible vivir en un mundo que no se esfuerza por entender su lenguaje.

Álvaro me había dado la clave con su muerte.

Las palabras lo habitaban todo y sólo había que sentarse a escucharlas. ¿Qué absurdo nos lleva a pensar que una planta es siempre la misma planta, que un grito de desesperación dice siempre lo mismo al repetirse, y una herida abierta duele igual todos los días? ¿Para qué denunciar tanta injusticia que hay en el mundo si no se oye el silencio plagado de estrellas, de árboles que caen abatidos por una sierra y el constante y siempre diverso fondo del sufrimiento? El segundo poemario se me impuso porque estaba allí, listo para ser encontrado, y en él ya no cabía la rabia.

En ese estado de hallazgos me encontraba a finales de dos mil diez, cuando la ilusión de que todo iría mejor se me estrelló de golpe.

El puesto de relacionista público que ejercía en el Centro de Escritores, mi única fuente de seguridad económica, empezó a tambalearse. Los ingresos que provenían de algunos países europeos, y que sustentaban gran parte de los gastos del centro, fueron cancelados y debieron prescindir de varios servicios, por lo que mi puesto no estaba asegurado. Los directores jamás me notificaron despido, pero tampoco me dieron garantía de mantener el cargo.

Sugerí, durante el tiempo que había trabajado en el centro, fundar una revista y por medio de ella poner a dialogar a los nuevos escritores con los ya consagrados. Me consuela saber que la revista hoy navega en aguas seguras y que el hilo que une a los dos bandos se ve reconciliado en cada número que sale, ya que el coloquio resulta positivo a pesar de que, por naturaleza, el hombre nace fiscal y casi nunca defensor. Ver a uno que se abre paso junto a otro que, mal que bien le ha allanado el camino, es el mejor antídoto contra todo asomo de arrogancia que alguna vez mostré.

Como no había pisado terreno movedizo desde mis años de estudiante, vividos en diferentes casas de pensión, cada una peor que la otra, me sentía angustiado por mi mudanza, y no podía imaginar volver a instalarme en un cuarto lleno de cucarachas. Pero tuve el valor de sincerarme con Borja y prometerle que en dos semanas abandonaría esas maravillosas paredes de la buhardilla que vieron nacer a *La Bohéme*. Ignora Borja que la mudanza será otra y me duele irme como un embustero. Sólo espero, mi querido Borja, que leas esta carta y logres perdonarme no sólo por no cumplir la promesa de sacar mis libros y todas mis pertenencias, sino por haber escogido tu casa para mudarme a otra vida.

Me pregunto qué harás cuando regreses en una o dos horas junto a María Elisa y encuentres mi cuerpo colgando de la viga del garaje. Si muero con los ojos abiertos, ciérralos y no me aborrezcas. Tampoco busques en mis labios las palabras que vi salir de la boca de Álvaro y de las que hace poco te hablé, porque moriré sin emitir sonido alguno, ni el más gutural murmullo ante la soga.

Desanimado como nunca por perder el puesto que me daba de comer, un día decidí aceptar la invitación que me habían hecho José

Ignacio, un amigo de la universidad, y Emilia, su novia. Iríamos a El Crucero, un pueblo en las afueras de Managua donde el clima es fresco y el viento atrae a las nubes, y uno siente un irresistible deseo de atraparlas imaginando que son esferas de algodón. De pronto unos nubarrones oscurecieron el camino y era como si el cielo y el aire se hubieran puesto de acuerdo para envolver el ambiente de misterio. Se desataron vientos huracanados y comenzó a caer granizo. No se podía ver nada dentro del coche y yo me sentí como en una mazmorra, ya que la oscuridad siempre me ha conducido a la despensa de la Aldea.

Me bajé del auto como pude y me acerqué al primer árbol que divisé en la oscuridad, alumbrado por las gotas que caían –quizás lo habré imaginado– como lluvia de fuego. Fue una sensación de espanto que me produjo arcadas y me hizo expulsar la bilis del terror que me había sobrecogido por la oscuridad y también por la vergüenza de mostrarme ante mis amigos como una marioneta siempre a merced del miedo

En medio de la tormenta, e iluminado por esas gotas de fuego, me vi muerto mientras vomitaba como borracho en zahúrda. Yacía con la mirada perdida, sin rastros de sangre y sin ningún indicio de por qué estaba tendido sin vida sobre el césped. La ceiba que me protegía de la tormenta se movía violetamente y en su tronco estaba la mancha del líquido verde que había expelido. José Ignacio y Emilia me gritaban que regresara al auto pero, así como llegó, la tormenta se fue. El cielo comenzó a clarear. Abatido por la visión y el vértigo me dirigí tambaleante al auto. Les pedí que regresáramos a Managua pues sentía el cuerpo estropeado. No dijimos nada durante el viaje de regreso.

El día siguiente, después de regresar de la oficina que poco a poco iba desocupando en el Centro de Escritores, encendí el televisor. En un programa de entrevistas, una hermana cuya existencia desconocía se presentó implorando a la audiencia ayudarla a dar conmigo, pues había visto mi nombre y una foto en los periódicos.

Se apareció tres días después en mi oficina mientras empacaba las últimas pertenencias. Fue como si el corazón se me hubiese subido a la garganta. El pasado que siempre quise olvidar me daba un golpe de costado, regresándome a patada limpia a la Aldea. Ana María llegaba como un negro heraldo a desempolvar recuerdos.

Enmudecí por unos minutos. Me vi en medio de un corredor de sombra y aislamiento, presintiendo que el encuentro sería fatal. Toda una vida sin conocernos se desató en un manantial de palabras que esa extraña hermana empezó a disparar como dardos envenenados. Mujer baja y robusta, dueña de un alma recia que desconocía la compasión, Ana María había llegado hasta el hermano perdido para revelarle situaciones que ni el más retorcido de los habitantes de este mundo se atrevería a repetir con esa calma hiriente que la caracterizaba.

Mientras mi hermana desplegaba su monótona cacofonía me refugié en algunas páginas de *La*

Ilíada que siempre llevo en el pensamiento. Dice Homero que los dioses tejen desdichas para que a las futuras generaciones no les falte algo que cantar. Como nunca, en ese momento me pareció que nadie como Homero había acertado. Tan cruel y tan cierta era esa justificación de la poesía como una maldición, un destino tramado por dioses aburridos para que bailáramos como perros en un siniestro circo. Pues ¿qué otra cosa era la escritura, la mía al menos, sino un lamento inevitable que sólo otro animal herido podía reconocer como suyo?

Obviamente mi hermana, a pesar de su rubicunda figura, tenía algo de diosa griega, aunque demasiado ocupada para escuchar seriamente al bardo, pues en algún momento interrumpió su relato para referirse a un poema mío que había leído en el periódico. Era sobre mi padre. Pero, «¿de qué padre hablaba yo allí?», sentenció: «No, señor, había que hablar con propiedad».

Así fue como a los treinta y tres años me enteré de que mi verdadera madre, no el monstruo que me crió en la Aldea, se llamaba Laura -¿será por eso que heredé el amor por la poesía?-, y que no murió al darme a luz sino por un aborto provocado por mi padre cuando yo tenía cuatro años.

Según Ana María, una noche de juerga regresó a casa ahogado en alcohol, exigiendo comida. Sin embargo, en el desmedrado hogar, mantenido a duras penas con el salario de empleada doméstica de mi madre y hundido aún más por la infamia de mi padre, que no daba un céntimo para la casa, ese día, como tantos otros, no había más que un puñado de frijoles. Al verlos, la tomó por el pelo y le dio de patadas en el vientre hasta provocarle una hemorragia que los doctores no pudieron contener. El bebé, una niña de ojos claros como los míos, nació muerta, con el cráneo partido. Nuestra madre falleció horas después en una de las tiendas de campaña que en los ochenta el gobierno improvisaba como hospitales porque no había dinero para reconstruir los edificios destruidos por la guerra.

Mi padre se dio a la fuga y jamás se supo de él. Tal vez cruzó la frontera o simplemente murió en una riña de taberna por bebedor y pendenciero. Nos abandonó dejando una estela de muerte. Ana María jamás le contó a mamá que nuestro padre abusaba de ella y a mí me lo confesó con un rostro desprovisto de emoción.

Era una tarde gris en la que el ocaso y las golondrinas luchaban por el dominio del cielo. El relato continuaba. Ana María había huido sin mirar atrás, con la certeza de que la distancia aliviaría el ultraje perpetrado por nuestro padre. Tenía diecisiete años y tanto miedo que no reparó en los niños que quedaban sin amparo. Pero salió adelante y ya madura, sin el marido que un día se le marchó y una hija ya encaminada, le dio por pensar en aquellos huérfanos abandonados. Estaba sola y buscando a Gabriel.

Le tembló por primera vez la voz al decir que nadie podría culparla del abandono, y durante unos instantes lo sentí profundamente por ella y por su propia desgracia. Pero la continua queja sobre la hija, que finalmente desembocó en la incómoda súplica de reunirse con sus hermanos y vivir con ellos, me puso en estado de alerta. Venía a mí y, seguramente después a Gabriel, para quitarse de encima su soledad.

Ni siquiera intenté hablarle de mi infancia en la Aldea. Hubiera sido inútil. Ana María sólo se escuchaba a sí misma y no estaba interesada en mi pasado sino en mi futuro con ella. Me sentí incapaz de imaginarme con alguien a quien la vida había llenado de tanta amargura. Sólo medias sonrisas me regaló en la hora y media que le tuve frente a mí. En el abrazo de despedida, tan difícil como el que se le da a una estatua, hice un esfuerzo por no llorar, pues de pronto pensé que esa mujer y Gabriel eran parte mía. Compartíamos una sangre infeliz, totalmente inútil, me dije, al pensar en mi madre. ¡Tanto esfuerzo para darnos la vida, para entregarnos a la luz de la que tan poco uso hemos hecho!

En ese momento tuve la certeza de que era hora de emprender el viaje a ese otro mundo que, lejos de la indolencia y del recuerdo, me entregaría la serenidad que inútilmente he buscado.

VI

El viaje y la lluvia

A veces nos engañamos. El viaje que creí haber comenzado con el abrazo de Ana María ya llevaba meses en plena marcha. Me di cuenta al poco tiempo cuando, apenas recuperado del disgusto de verla, me sentí con ánimo de darle la última revisión al segundo poemario, pues debía imprimirse a los pocos días.

Huyendo de la euforia que en Managua producen las fiestas navideñas, atrincherado en *La Bohéme*, empecé a leer de nuevo mis poemas. La extraña sensación de que no eran míos, de que alguien que no era yo los había escrito, me sobrevino de pronto. Me di cuenta de que ese alguien, encallado en un camino hacia la nada, me miraba pidiéndome ayuda con las palabras, las suyas, todas allí, íntegras y sonoras, pero incapaces de plenitud.

Alarmado por el descubrimiento, le pedí a la imprenta que detuviera el trabajo tipográfico y me entregué al rescate, apenas sin escuchar, como si estuvieran a mil años de mis oídos, a los amigos que insistían en que dejara el poemario tal como estaba o en hacer modificaciones que no llegué a entender, de tan ajenas que las sentí.

Las noches se juntaron a los días. No recuerdo las veces que me detuve a comer o cerré los ojos de cansancio. Las horas me iban cambiando el orden de los poemas, suprimiendo algunos versos y añadiendo otros.

Un día, o una noche, pues no me acuerdo, entendí lo que ese otro yo que había escrito los poemas me gritaba desde las entrañas: había un viaje y debía ponerse en relieve. Es ese que ahora ocupa el centro del poemario y se cierra para siempre en el tercer apartado. Había yo saboteado su orden para ocultarlo o quizás, ocultármelo, aterrado de sus vicisitudes.

Me deshice del miedo y acepté el orden natural del libro. El otro me miró agradecido porque, finalmente, en mi última lucha lo estaba dejando marchar a su incierto destino. Tuve la sensación, al leer el poemario por última vez, que su mirada, ahora lejana, estaba llena de agradecimiento, y mi alma de paz, una paz que no habría de irse durante los días que siguieron y en los que empecé a salir de madrugada.

Deambulé por las calles como siempre lo hacía, pero ahora sintiendo que mis pasos echaban raíces y éstas atravesaban el concreto para irse a juntar con las de los árboles. Mientras más caminaba, más profunda era la sensación de hermanamiento con cuanta rala vegetación quedaba como vestigio de la llanura que Managua había sido en otros tiempos.

Quienes me lean pensarán que fue delirio el

de esas noches. No espero convencerlos de lo contrario. Si lo cuento ahora es porque en esas noches la realidad corroboró cuanto ya había enderezado en el libro.

Al llegar a la Plaza Mayor, la lluvia caía a torrentes y había ensombrecido los focos del alumbrado público. Quizás se aproximaba el amanecer porque una bandada de pájaros pasó reptando encima de mí en dirección al mar. La fuerza de la lluvia los obligaba a volar bajo. De haberlo querido, hubiese atrapado a uno de ellos para no caminar solo pero comprendí que, vapuleados por la tormenta, ya eran inmensamente desdichados y rehusé entorpecer su vuelo. Un anciano, quizás un borracho que se adelantaba a la celebración navideña, me pasó rozando. No logré ver su rostro, dada la cortina de agua que me cubría los ojos, pero estaba encorvado y se apoyaba en un bastón. En su tambaleo me entregó un papel que, por no parecerle ingrato al caminante, me apuré a esconder en mi chaqueta.

Pensé que era la propaganda de algún almacén. Cuando la lluvia amainó y pude leerlo, el anciano ya había desaparecido. Comprendí que me había entregado un conjuro para espantar la soledad. A duras penas y sorprendido, pude creer lo que decía, pues el mensaje remedaba lo que ya había sido dicho en uno de los poemas recién corregidos: «Enciérrate por treinta días para que nadie vea el horror de tu sufrimiento. Después sal a gritar a las calles hasta caer extenuado y verás reptar cerca de ti a una bandada de pájaros que nunca vuela».

Todavía temblaba cuando resolví salir de la Plaza hacia el norte. Mientras cruzaba la esquina entre la Avenida Bolívar y 15 de Septiembre, la tormenta se había convertido en un manojo de finas gotas que me aliviaban. Fue en ese cruce de calles que tropecé con una señora y su perro. El animal parecía uno de esos perros flacos, sin ningún pedigrí, que deambulan sin dueño por las calles de Managua, aunque la señora lo llevaba apretado a su paso con una corta correa.

El perro se agitó al verme, pero su ferocidad fue instantánea. En el silencio que siguió a un breve ladrido, me fue difícil discernir cuál de los dos tenía más triste la mirada, o si acaso su tristeza no era tal sino la compasión que les producía mi rostro. La mujer me ofreció una débil sonrisa y dos o tres palabras que me invitaron a acompañarla. Había salido en plena noche a ver a una amiga gravemente enferma y ahora volvía a su casa, un poco lejos de esa zona, protegida por el macilento perro.

Mientras caminábamos me contó algo sobre su amiga, la única que le quedaba en el mundo y añadió, quizá para consolarme, pues entendió que mi soledad era superior a la suya, que daba lo mismo morirse hoy o mañana, pues todos en la ciudad estábamos enfermos y, nuestro fin, muy próximo.

Quise argumentar en contra de tal explicación que mucho se parecía a la de mi hablante poético en otro poema recién corregido, pero la lluvia reanudó su ataque contra la ciudad. El perro y yo nos aunamos a los pasos cortos y rápidos de la mujer, demasiado mayor para correr. Al llegar a su casa el sol había comenzado a brillar detrás de la grisura de los nubarrones. Me urgió a que entrara con ellos. Una vez dentro, encendió una vela. Mientras se aprestaba a colar el café, me pidió que encendiera dos más y una vez puesta el agua en el fuego, regresó a la sala para darle cuerda a una caja de música. «Hace tiempo cortaron la luz», me dijo. Sin esperar comentario de mi parte, volvió a la cocina.

Dejé que mis ojos vagaran por la salita mientras escuchaba la vieja melodía. Por su aspecto sombrío, carente de muebles y adornos, pensé que tal vez estaba abandonada y la pobre mujer se refugiaba en ella. El perro se echó a dormir en un rincón mientras la mujer confirmó mis sospechas y me hizo pasar por una puerta cancel que daba a un corredor en ruinas. Humedecidas, empezaban a resquebrajarse. Los cuartos a los que conducía eran inhabitables. En uno de ellos se había derrumbado la pared que daba a la parte trasera de la casa.

Volvimos a la sala, único espacio habitable, además de la cocina. La caja de música, colocada en una silla de mimbre, aún despedía notas a cuyo ritmo daba pasos una bailarina cuyos zapatitos de satín lucían desgastados por la humedad. La mujer guardó silencio por breves minutos y después de darle otra vez cuerda a la caja, comenzó a imitar a la bailarina. A medida que avanzaba el minueto, asomados por la ventana de la sala que daba a un patio interno, los cipreses también se movían al compás de tres por cuatro y, cuando la caja de música dejó de sonar, las hojas languidecieron y era como si quisieran llorar.

Después de escampar y viendo que el café me había reanimado, la mujer me dejó marchar sin darme su nombre y rogándome que le guardara el secreto. No tenía familia y a nadie le hacía daño al ocupar esa casa ya abandonada por tanto tiempo. Al salir me di cuenta de que un haz de luz se disponía a abrirse paso entre los nubarrones.

Llegué de nuevo a la Plaza y releí el conjuro. Entumecido por la humedad, o por la extraña emoción de tanta coincidencia, sentí que las piernas se negaban a responderme y esperé, bajo el resplandor de la luz, a que me regresaran las fuerzas. Mientras contemplaba el despertar de la ciudad, sus tempranos peatones, motos, automóviles y bicicletas, divisé a dos hombres que iban juntos, uno de ellos con vendas en la cabeza y otro en un brazo, soportado por un cabestrillo. No quise ver más.

Cuando llegué a casa me desplomé en la cama. Los estragos de tantos días en los que apenas si había cerrado los ojos me mantuvieron dormido por muchas horas. Al despertar y después de tomar café, releí el nuevo libro por última vez. Todo fluía en él sin dificultad, como una danza. Y por fin lo sentí mío, tan mío que una vez leído, sólo el silencio permaneció. Supe que el otro yo estaba lejos y libre. Nada en el poemario volvería a regresarme su angustiosa mirada, su ruego de liberación. El viaje que se empeñó en hacer ya había culminado. Era tiempo de preparar el mío.

El sonido de un trueno me llevó hasta la ventana. Era de noche y había comenzado a llover. Lejos de angustiarme, me sentí feliz por esa lluvia que ahora parecía venir a acompañarme. Sentí su abrazo y el calor que sienten las criaturas atadas al útero, del que no saben que algún día han de salir. En ese instante de gozo recordé el Haikú que hace apenas dos siglos Kobayashi Issa había escrito:

Te bañan cuando naces.
Te bañan cuando mueres.
Eso es todo.

VII

El silencio

Sabía que debía irme y que el último esfuerzo no residía en la partida sino en cómo emprenderla. El anciano, la mujer, el perro, la bandada de pájaros y todo lo demás eran un equipaje que bien podía llevarme o abandonar al instante.

Nos vamos del mundo a causa de una historia, la de un accidente, una enfermedad o la del más profundo descontento: el de ya no querer más palabras sino silencio. Ahora comprendo cuanto amé la poesía, mi tabla de salvación. Sólo cuando todo calla en el alma, o en el cerebro, cuando todo calla en nosotros, el oído despierta a cuanto pasa y se va, como la flor que reverbera y la hoja que cae, o la brisa que juguetea en el rostro.

Escribimos para nosotros mismos, por necesidad. Con la escritura el pecho se abre a la respiración. Es una forma de renacer, ingenua, tal vez. La lengua, mancillada, retorna a una pureza que bien pudo existir en esa mítica –por incierta– Edad de Oro.

Vivir bajo esta ilusión, construir un

sentido, una imagen coherente para explicar la vida es un supremo acto de libertad. Nos disolvemos en la corriente de una lengua y dejamos en ella nuestra huella.

Vana ilusión, me digo, porque más importante que dejar huellas se me figura ahora ese silencio ininteligible que yace tras nuestra peregrina escritura.

Júzgame tú, en esta carta de despedida, y despréciame si quieres por llevarte hasta la página en blanco. Pero has de saber que no te escribo por eso de dejar huella, sino porque el lenguaje es mi único puente hacia ti. Te entrego mis poemas. Más te daría si más tuviera, hermano o hermana que me lees. Este puente de ida y vuelta me trae el hambre y el frío, la orfandad que todos conformamos. Son tuyos. No tengo nada que objetar a lo que hagas con ellos.

No me deja de abrumar el valle de lágrimas en el que quedas, pero tengo más fe en ti que la que tuve en mí mismo. Los girasoles me llaman, despidiendo un exquisito aroma, y sueño con verlos plantados en todas partes. Camino descalzo y siento la arena rozándome los pies. Parto a construir una tienda para morar entre ellos y hacer figuritas de barro y hablarles de la paz que me inunda.

Faltan cinco minutos para las doce. He llamado a Gonzalo a fin de darle la contraseña del computador para que se la haga llegar a Max y éste dé con esta carta y con el poemario que le lego. No quiero levantar sospechas. Todos saben lo cuidadoso que soy con el artefacto donde guardo mis escritos. Max me conoce y darle la contraseña directamente hubiese prendido las alarmas.

Antes de bajar al garaje he buscado mi edición de la obra de San Juan de la Cruz. No la encuentro. Me consuela saber que, como San Juan, me adentro en una paz de la cual no quiero retorno. En ese lugar, sin juicio ni condena, no habrá señal para comunicarse conmigo.

La lista configurada en el reproductor ha llegado a su fin. Suena la canción de Louis Armstrong: «Veo cielos de color azul y nubes de color blanco. El brillante y bendecido día, la oscura, sagrada noche, y pienso para mí: qué mundo tan maravilloso».

La canción inunda cada rincón de *La Bohéme* y, como un enigmático eón, las palabras se detienen. Ha llegado el final. Las horas se diluyen iluminando mi conciencia, y la lluvia asciende, dulcemente, transfigurada.

F. fue encontrado por Borja y María Elisa la madrugada del 1ro de enero. De acuerdo con el reporte forense, transcurrieron cinco minutos desde el momento en que F. colgó de la soga hasta que exhaló el último aliento. Murió por asfixia. Sus ojos claros y soñadores estaban abiertos y sus labios dibujaban una leve sonrisa. Esto turbó a los expertos, pues no luchó por aire en los minutos que duró su agonía.

Esta edición cuenta con 500 ejemplares
Impreso por Casasola LLC
en los Estados Unidos

MMXVII